Carl Conradt

Über Zahlenverhältnisse in dem Bau der Aeschyleischen Tragödie "die Sieben gegen Theben"

Antigonos

Carl Conradt

Über Zahlenverhältnisse in dem Bau der Aeschyleischen Tragödie "die Sieben gegen Theben"

Unveränderter Nachdruck der Originalausgabe von 1874.

1. Auflage 2024 | ISBN: 978-3-38635-057-0

Antigonos Verlag ist ein Imprint der Outlook Verlagsgesellschaft mbH.

Verlag: Outlook Verlag GmbH, Zeilweg 44, 60439 Frankfurt, Deutschland, info@outlook-verlag.de
Vertretungsberechtigt: E. Roepke, Zeilweg 44, 60439 Frankfurt, Deutschland
Druck: Libri Plureos GmbH, Friedensallee 273, 22763 Hamburg, Deutschland

Jahrgang II.

Bericht

über das

städtische Progymnasium zu Schlawe

für das Schuljahr 1873—74.

erstattet

von dem Rector

Dr. Johannes Becker.

Den Schulnachrichten vorausgeschickt ist: Ueber Zahlenverhältnisse in dem Bau der aeschyleischen Tragödie „die Sieben gegen Theben" vom Gymnasiallehrer **Dr. Conradt.**

SCHLAWE 1874.

Druck von Hermann Moldenhauer.

Durch eine Störung in der Druckerei wurde es leider unmöglich, diesen Bericht vor dem Geburtstage Sr. Majestät des Kaisers und Königs und vor der öffentlichen Prüfung zu veröffentlichen. Die Einladungen dazu mussten deshalb für sich allein erlassen werden.

Ueber Zahlenverhältnisse in dem Bau der Aeschyleischen Tragödie „die Sieben gegen Theben.“

Dass die ältere griechische Tragödie ungetheilt in einem und demselben dichterisch schaffenden Geiste entstand, dem es zugleich oblag, den Text seiner Dichtung, die Musik und die Tanzbewegungen zu gestalten, ist unstreitig ein Vorzug, der ebensosehr der Einheit des Werkes in seinem Aufbaue als dem Einklange der Darstellungsformen im Einzelnen zu Statten kommen musste. Die Gesänge und die Tanzbewegungen des Chors erhielten so ihre Stelle und ihren Umfang nach der harmonischen Gliederung des ganzen Dramas, wie sie das künstlerische Gefühl des einen Geistes, der das Ganze beherrschte, erforderte. Auch die Entstehung der Tragödie aus den Dionysischen Festgesängen war dieser Einheit günstig, denn da das Ursprüngliche die Chorgesänge waren, die durch ihre Natur eine regellose Aufeinanderfolge abgerissener Stücke ausschliessen, so ist es schwerlich denkbar, dass der Bau des Dramas durch völlig freie, der Gesetzmässigkeit des Chorgesanges nicht unterworfene Einschaltungen sollte unterbrochen sein. Es lässt sich das um so weniger annehmen, als die neu hinzutretenden Reden der Schauspieler anfangs von den Chorgesängen noch überwogen wurden und erst später sich zu dem herrschenden Theile der Tragödie entwickelten.

Auf solche Erwägungen gestützt hat man vielfach eine gesetzmässige Gliederung der einzelnen Dialogpartien in den griechischen Tragödien nachzuweisen versucht; man dachte sich, dass die Gesetze antistrophischer Bildung, die ausserhalb des dialogischen Trimeters gelten, auch innerhalb desselben gelten möchten. Doch damit ist ein wichtiger Gesichtspunkt ausser Acht gelassen. Denn wenn es selbst geglückt wäre, eine harmonische Gliederung jeder Dialogpartie nachzuweisen, so wäre damit doch nur erreicht, dass das ganze Drama in einzelne Nummern aufgelöst wäre, die zwar in sich gesetzmässig gebildet wären, aber doch ausser Zusammenhang mit allen übrigen blieben.

Denken wir uns einen Dichter wie Aeschylus vor dem Anfange einer so vielfältig zusammengesetzten Aufgabe, wie die Gestaltung einer Tragödie es war. Es ist undenkbar, dass er anders an diese Aufgabe herantrat, als dass er planmässig seinen Stoff in Hauptabschnitte theilte, diese wiederum nach den Scenen gliederte, die er ihnen geben wollte, dass er die Stellen, an denen Chorgesänge eintreten sollten, feststellte, und wenigstens im Ueberschlag die Ausdehnung der einzelnen Theile abmass, damit nicht die Harmonie des Ganzen gestört würde. Wenn ihn nun die metrische Form zwang, für alle Chorgesänge sogar die Zahl der Reihen aus Gesetzen der Harmonie abzuleiten, da hier schon wegen der Responsion und des dehnbaren Inhaltes eine ungefähre Ausdehnung sich nicht bestimmen liess, so war es wenigstens der Untersuchung wert, ob nicht der Dichter überhaupt dem ganzen Drama ein festes Grössenmass untergelegt habe, dem er alle einzelnen Theile seines Planes unterordnete.

1

Mir hat diese Untersuchung die Ueberzeugung gegeben, dass in der That nicht nur Aeschylus, sondern auch, freilich mit einigen Einschränkungen bei dem Anwachsen der Dialogpartien, die spätern Tragiker bei dem Aufbau ihrer Tragödien so verfahren sind.

Im folgenden will ich beispielsweise nachzuweisen versuchen, wie es mit dem Drama des Aeschylus „die Sieben gegen Theben" in Bezug auf die angeregte Frage steht.

I. Vorgänge in Theben bei dem Anrücken der Belagerer.

A.

Der König Eteocles eröffnet die Tragödie mit einer Ansprache an die versammelten Bürger, die er zur Tapferkeit anfeuert. Dann bringt ein Späher die Nachricht, dass die Feinde zum Sturme heranziehen, und Eteocles schliesst mit einem hülfeflehenden Gebete an die heimischen Götter.

Der 13. Vers ist von Dindorf mit Unrecht für gefälscht erklärt worden. Er ist mit der Besserung des ὥστις der Handschrift M in ἥ'στι unentbehrlich. Dagegen ist Vers 77 als späterer Zusatz zu streichen.*)

So bleiben unserm ersten Abschnitte, dem Prologe, 2 $\times$ 38 $=$ 76 Verse. Wenn wir damit den Schluss des Stückes von Vers 1005 an vergleichen, der sich ebenso zweifellos wie der Prolog absondern lässt, so ergeben sich nach Hermanns Ausgabe auch für diesen 76 Verse, ein Umstand, der vorläufig noch Zufall sein kann, doch wol geeignet ist, zur Aufmerksamkeit zu mahnen.

B.

Jetzt eilt der Chor der thebanischen Jungfrauen in hastigem Laufe herein, geschreckt durch das Getöse der heranrückenden Feinde. Ihr Chorlied spricht ihre Angst aus und fleht die Götter um Beistand an.

Ueber die Grundsätze, nach denen in den Chorliedern die Abgrenzung der einzelnen Verse vorzunehmen ist, werde ich mich später, bei dem zweiten, aussprechen. Für dieses genügt die Bemerkung, dass ein einzelner Dochmius nie einen besonderen Vers bildet, dass also Dindorf in allen Fällen gegen Hermann Recht hat, wo dieser einen dochmischen Dimeter und Monometer, jener einen Trimeter ansetzt. Der Schluss des Liedes von Vers 166 an besteht aus einem kretisch gebildeten Strophenpaare, in dem die Versabtheilung nicht feststeht. Die dritten und fünften Verse bei Dindorf bestehen aus je zwei kretischen Tacten und sind auffallend kurz. Mir scheint, dass mit mehr Wahrscheinlichkeit abgetheilt würde

τᾶσδε πυργοφύλακες πόλιν δορίπονον (metrisch gleich V. 206)
μὴ προδῶϑ' ἑτεροφώνῳ στρατῷ.

Die kritische Behandlung auch dieses Chorliedes habe ich an dem oben genannten Orte gegeben. Hier bleibt mir nur übrig festzustellen, dass der erste, ohne Responsion gebildete Theil des Gesanges (bis Vers 108) 20 Verse, dann das erste Strophenpaar (bis Vers 150) 26 Verse, das zweite (bis Vers 165) 12, das dritte (bis zum Schluss) 10 Verse enthält.

Das ganze Lied besteht demnach aus 68 Versen.

C.

Eteocles kommt zurück und schilt die Jungfrauen, dass sie durch ihre lauten Klagen den Muth der Männer lähmten. Vers 195 ist, da er in M fehlt und ungeschickt aus Vers 187 und 188 zusammengeborgt ist, mit Recht von Dindorf getilgt. Doch ob man anzunehmen hat, dass er einen Vers des Aeschylus, wie Dindorf meint, habe ersetzen sollen, ist eine andere Frage. Es handelt sich darum, ob es eine zu billigende Ausdrucksweise ist, dass Ete-

---

*) Die Begründung beider Emendationen habe ich Hermes, Zeitschrift für classische Philologie 1874 gegeben.

ocles, ohne bisher etwas befohlen zu haben, sagt: „Und wer meinem Befehle ungehorsam ist, wird gesteinigt werden; denn das Weib bleibe im Hause und bringe keinen Schaden.“ Ich denke, der Befehl, ruhig zu sein, war einestheils bereits in dem vorausgehenden Tadel ausgesprochen; anderntheils spricht der König seinen Willen im Nachsatze noch deutlich aus, wenn auch in causaler Anknüpfung.

Doch nach der Ueberlieferung fügt Eteocles den vorhin erwähnten Worten: „Wer meinem Befehl ungehorsam ist“ hinzu

$$\mathrm{ἀνὴρ,\ γυνή\ τε,\ χὥ\ τι\ τῶν\ μεταίχμιον}$$

„Mann, Weib, und was zwischen diesen liegt, (wird verurtheilt werden).“ Das kann nichts anders bedeuten sollen, als: „alle, Männer, Weiber, Greise und Kinder.“ Dagegen muss aber doch zunächst bemerkt werden, dass schwer zu sagen wäre, in welcher Beziehung Greise und Kinder, zumal da in diese doch auch Greisinnen und kleine Mädchen eingeschlossen sind, zwischen Männern und Weibern liegen. Dann was noch schwerer ins Gewicht fällt: von Männern darf hier überhaupt gar nicht die Rede sein; denn diese, die auf die Mauern zum Kampfe ziehen, geht doch nichts weniger als dieser Befehl des Königs an. Und von dem Gehorsam, welchen alle dem, was Eteocles befiehlt, schuldig sind, kann hier nicht die Rede sein, wie der ganze Zusammenhang und der mit γάρ angefügte Nachsatz beweist. Hermanns Entschuldigung aber, dass der König im Zorne sei und deshalb die Männer einschliesse, während ihm doch nur Greise und Knaben vorschwebten, ist in doppelter Beziehung haltlos: erstens ist durch den Gegensatz von γυνή der Begriff der Mannheit scharf betont, zweitens sind Knaben und Greise durch τῶν μεταίχμιον besonders bezeichnet. Und schliesslich werden hier nicht einmal Greise und Kinder sinngemäss erwähnt; denn Eteocles wendet sich ja nur an die Chorjungfrauen allein. Oder soll man annehmen, dass ausser diesen auch noch Greise und Kinder auf der Bühne als stumme Personen seien und Eteocles nehme irrtümlich an, sie hätten mitgeklagt?

Ich glaube, dass der so vielfach verkehrte Vers von jemand eingefügt worden ist, der sich an dem Pluralis αὐτῶν nach τίς stiess, obwol φύγῃ folgt.

Die Anrede des Eteocles umfasst demnach 19 Verse. Auf sie folgt bis zum Verse 263 ein Wechselgespräch, in dem die Jungfrauen ihr Jammmern entschuldigen und schliesslich davon abzulassen versprechen. Der erste Theil des Zwiegesprächs ist in drei Strophenpaaren abgefasst. Von diesen besteht das erste aus je 8 Versen, von denen 5 dem Chore gehören, nämlich ein Hypermetron von sechs Dochmien, das mit Recht von den Herausgebern für drei Zeilen gezählt wird, ferner ein vierter Vers, der aus zwei Kretikern und einem Dochmius besteht, und als fünfter eine katalectische iambische Pentapodie. Diesen Versen des Chors folgen je drei Trimeter des Eteocles, die in der Antistrophe verderbt überliefert sind. Dass sie ganz dem Eteocles gehören müssen, wie Dindorf gegen Hermann behauptet, scheint mir nicht zweifelhaft. Eine sichere Heilung der Stelle wird schwerlich möglich sein; der Zusammenhang fordert ungefähr folgendes: $\mathrm{οὔκουν\ τάδε\ γ'\ ἀμελούμεν'\ ἔστι\ πρὸς\ θεῶν,\ |\ ὡς\ θεοὺς\ ἀλούσης\ πόλεος\ ἐκλείπειν\ λόγος.}$

'Das zweite Strophenpaar enthält je 6 Zeilen, nämlich drei dochmische Dimeter des Chors, von denen der letzte um die Clausel — ⏑ ⏑ — ⏑ ⏑ — ⏑ — erweitert ist, und drei iambische Trimeter des Eteocles. Darauf, dass die Clausel nicht als selbstständiger Vers gelten kann, komme ich später zurück.

Das dritte Strophenpaar enthält je 5 Verse, zwei dochmische Dimeter, von denen der zweite um eine trochäische Tetrapodie erweitert ist, und drei iambische Trimeter. Da die nun folgende Stichomythie, der zweite Theil des Wechselgesprächs, wiederum 19 Verse umfasst, so haben wir vom Eintritt des Eteocles bis zum Schluss 19 + 38 + 19 = 76 Verse.

Eteocles nimmt jetzt noch einmal das Wort, um die Jungfrauen, denen er jetzt gestattet, bei den Götterbildern zu bleiben, zu ermahnen, ermuthigende Gesänge anzustimmen. Seine Rede ist, wie längst festgestellt ist, in der Ueberlieferung durch eine Erweiterung gestört, eine ursprünglich am Rande zugeschriebene Erklärung, die in die Verse 276 bis 278 eingedrungen und grosse Verwirrung angerichtet hat. Der Sinn, den die fraglichen Verse haben müssen, ist klar. Der König verspricht, nach gewonnenem Siege die Tempel der Götter mit Beutestücken zu zieren. Eine auf das Einzelne eingehende Besprechung der Stelle ist nach Ritschls Abhandlung über dieselbe*) unnöthig. Ich will hier nur anführen, dass ich, bevor mir diese zu Gesicht kam, lesen wollte:

$$\tau\alpha\upsilon\varrho\omicron\kappa\tau\omicron\nu\tilde{\upsilon}\nu\tau\alpha\varsigma\ \vartheta\epsilon\tilde{\omicron}\varsigma\ \lambda\acute{\alpha}\varphi\upsilon\varrho\alpha\ \delta\alpha\tilde{\iota}\omega\nu$$
$$\sigma\tau\acute{\epsilon}\psi\epsilon\iota\nu\ \pi\varrho\grave{\omicron}\ \nu\alpha\tilde{\omega}\nu\ \delta\omicron\upsilon\varrho\acute{\iota}\pi\eta\chi\vartheta'\ \dot{\alpha}\gamma\nu\omicron\tilde{\iota}\varsigma\ \delta\acute{\omicron}\mu\omicron\iota\varsigma.$$

Bei der Einfachheit dieser Herstellung, die $\tilde{\omega}\delta'\ \dot{\epsilon}\pi\epsilon\acute{\upsilon}\chi\omicron\mu\alpha\iota$, $\pi\omicron\lambda\epsilon\mu\acute{\iota}\omega\nu\ \dot{\epsilon}\sigma\vartheta\acute{\eta}\mu\alpha\tau\alpha$ und $\vartheta\acute{\eta}\sigma\epsilon\iota\nu\ \tau\varrho\omicron\pi\alpha\tilde{\iota}\alpha$ als Bestandtheile der irrtümlich eingedrungenen Erklärung ausscheiden würde, möchte ich auch jetzt noch an ihr festhalten. Freilich ist $\tau\alpha\upsilon\varrho\omicron\kappa\tau\omicron\nu\tilde{\upsilon}\nu\tau\alpha\varsigma\ \vartheta\epsilon\tilde{\omicron}\varsigma$, das Ritschl streichen zu müssen glaubt, nach dem voraufgehenden Verse $\mu\acute{\eta}\lambda\omicron\iota\sigma\iota\nu$ etc. nicht ohne Bedenken; doch eine hinreichende Erklärung scheint mir die Annahme zu gewähren, dass das Stieropfer ein Theil der Weihe der Beutestücke gewesen sei. Wenigstens steht aber die Zahl der Aeschyleischen Verse fest. Es müssen von $\mu\acute{\eta}\lambda\omicron\iota\sigma\iota$ bis zum Schluss der interpolirten Stelle mit Vers 278 drei gewesen sein. Die Rede des Eteocles behält so 22 Verse, da sich wol schwerlich jemand von Ritschl überreden lassen wird, dass vor Vers 279 noch ein Vers verloren gegangen sei.

D.

Der König verlässt die Bühne, und die Jungfrauen wenden sich wieder betend an die Götter und flehen um Beistand in der Gefahr, die Zerstörung, Plünderung und Knechtschaft droht.

Mit diesem reicher und mannigfaltiger gestalteten Chorgesange treten wir an die schwierige Frage, welche Merkmale uns in der Abtheilung der Verse leiten sollen. Denn es ist ja bekannt, dass die gewöhnlichen Kennzeichen des Versschlusses, Wortende, Syllaba anceps und Hiatus, nicht zur Zerlegung der Chorstrophen in ihre einzelnen Verse genügen. Man hat sich nach weiteren Handhaben umgesehen und namentlich durch Gesetze der Eurhythmie zur Klarheit gelangen wollen. Doch eine solche Untersuchung muss nothwendig daran scheitern, dass die Melodie der Gesänge uns nicht erhalten ist, die doch erst eine zuverlässige Aufklärung über die künstlerische Gliederung der Strophen, über Pausen und Aehnliches geben würde, und dass darum solche ästhetischen Betrachtungen wol Wert haben können, wenn man bereits die Versgränzen kennt, aber sehr in das unsichere Gebiet des Geschmackes gerathen, wenn sie auch diese erst feststellen müssen.

Die Belehrung, die wir von den alten Metrikern in zerstreuten Notizen erhalten, reicht nicht weit. Wir lernen aus einigen vereinzelten Scholien zu Pindars Gesängen, wie z. B. zu Ol. 11, 21

$$\pi\epsilon\lambda\acute{\omega}\varrho\iota\omicron\nu\ \dot{\omicron}\varrho\mu\tilde{\alpha}\sigma\alpha\iota\ \kappa\lambda\acute{\epsilon}\omicron\varsigma\ \dot{\alpha}\nu\grave{\eta}\varrho\ |\ \vartheta\epsilon\omicron\tilde{\upsilon}\ \sigma\grave{\upsilon}\nu\ \pi\alpha\lambda\acute{\alpha}\mu\alpha.$$

wo das Scholion lautet: $\tau\grave{\alpha}\ \delta\acute{\upsilon}\omicron\ \mu\acute{\iota}\alpha\ \dot{\epsilon}\sigma\tau\grave{\iota}\ \pi\epsilon\varrho\acute{\iota}\omicron\delta\omicron\varsigma$, dass man in älterer Zeit nicht bloss wie später die Glieder der Verse kannte, sondern zunächst die grösseren Abschnitte, die Verse selbst, abtheilte. Auch die sehr veräusserlichte Lehre der Metriker über die Namen der selbständigen Verse nach ihrer Grösse**) ist vielleicht im Stande, einige Anhaltepuncte zu gewähren. Namentlich wichtig ist die Angabe, dass Verbindungen von Versgliedern, die zu-

---

*) Borner Programm, 18** „. Ritschl schlägt vor:
$$\mu\acute{\eta}\lambda\omicron\iota\sigma\iota\nu\ \alpha\dot{\iota}\mu\acute{\alpha}\sigma\sigma\omega\nu\ \tau\acute{\omicron}\vartheta'\ \dot{\epsilon}\sigma\tau\acute{\iota}\alpha\varsigma\ \vartheta\epsilon\tilde{\omega}\nu$$
$$\vartheta\acute{\eta}\sigma\epsilon\iota\nu\ \tau\varrho\omicron\pi\alpha\tilde{\iota}\alpha\ \delta\alpha\tilde{\iota}\omega\nu\ \dot{\epsilon}\sigma\vartheta\acute{\eta}\mu\alpha\tau\alpha,$$
$$\sigma\tau\acute{\epsilon}\varphi\omega\nu\ \lambda\acute{\alpha}\varphi\upsilon\varrho\alpha\ \delta\omicron\upsilon\varrho\acute{\iota}\pi\eta\chi\vartheta'\ \dot{\alpha}\gamma\nu\omicron\tilde{\iota}\varsigma\ \delta\acute{\omicron}\mu\omicron\iota\varsigma.$$
**) R. Westphal, Metrik der Griechen, I., S. 660 hält, nach meiner Meinung nicht mit Recht, die Lehre der spätern Metriker hierüber für zuverlässig.

sammen über das Mass von 30 (oder 32) Zeiteinheiten hinausgehen, Hypermetra zu nennen
seien. Westphal sucht die Bedeutung und Entstehung dieser Bezeichnungsweise in einem
rein äusserlichen Grunde. Er meint, man nannte $\acute{v}\pi\acute{\varepsilon}\varrho\mu\varepsilon\tau\varrho ov$, was sich nicht in eine Zeile
schreiben liess. Doch zwischen der gewöhnlichen, nicht allzu lange Verse verwertenden Com-
position der meisten tragischen Chorgesänge und der namentlich in der Comödie soweit aus-
gedehnten hypermetrischen Bildungsweise besteht ein so wesentlicher Unterschied, dass es
mit jener äusserlichen Ableitung des Namens lange nicht gethan ist; ein Unterschied, der
namentlich für unsere vorliegende Untersuchung von der grössten Bedeutung ist. Denn wie
sollen wir uns einem Hypermetron gegenüber verhalten? Sollen wir es, so weit ausgedehnt es
auch ist, für einen Vers zählen? Das wäre lächerlich, und doch sind für die längst geübte
und gewiss richtige Eintheilung in anapästische, dactylische, dochmische Dimeter, in Glyconeen
u. s. w. die Merkmale des Versschlusses nicht geltend zu machen. Die metrische Ueberlieferung scheint mir also die tiefere Bedeutung zu haben: die Dichter sind in der Bildung
ihrer Verse nicht über 30 (32) Zeiteinheiten hinausgegangen (z. B. nicht über die Verbindung eines iamb. Trimeters mit einer Tetrapodie, oder zweier Pherecrateen mit einem Gly-
coneus); über dies Mass hinaus reichen aber die Hypermetra, die auf einem andern Bildungs-
gesetze beruhen.

Doch die Verfolgung dieser Frage geht über die Gränzen dieser Abhandlung hinaus.
Hier muss ich mich begnügen, die Hauptgesichtspuncte zusammenzustellen, nach denen ich
die Abgränzung der einzelnen Verse in den folgenden Chören vornehmen will.

1. Glieder von zwei und dreizeitigen Tacten bilden nie einen selbständigen Vers.

2. Viertactige Glieder von logaödischer Bildung, in denen also der iambische oder
trochäische Gang durch die Tactform $-\cup\cup$ beschleunigt wird, treten bei Aeschylus eben-
falls nicht selbständig auf.

3. Viertactige Reihen von rein iambischer oder trochäischer Bildung können sowol
für sich einen vollen Vers bilden, als auch Kola eines zusammengesetzten sein. In letzterem
Falle giebt meist das angefügte Glied durch seine Kürze oder durch logaödische Bildung den
Beweis; oft auch mangelnder Wortschluss. Wo kein Zeichen für die Unselbständigkeit
der Reihe vorliegt, zähle ich sie für sich; freilich ist dadurch nicht aller Zweifel ausge-
schlossen.

4. Reihen, die mehr als vier Tacte umfassen, sind überall selbständig, wo nicht ein
zweites Glied durch seine Art den Anschluss an sie fordert.

5. Katalexis am Ende oder innerhalb der Reihen ändert die Geltung derselben nicht.

Diese Sätze erhalten dadurch einen gewissen Beweis, dass ihre Durchführung bei
Aeschylus auf kein dagegen beweisendes Hinderniss stösst. Auch sonst ergiebt sich in einzelnen Fällen manches, was für sie spricht. Doch volle Sicherheit wird sich erst für sie
gewinnen lassen, wenn es gelingt, die Hauptuntersuchung über den äusseren Bau der Tragödien für alle Stücke des Aeschylus zu einem überzeugenden Ende zu führen.

Wir wenden uns jetzt zu dem vorliegenden Chorgesange. Er besteht aus drei
Strophenpaaren.

α. Der erste Vers reicht mit Recht bei allen Herausgebern bis $\varkappa\acute{\varepsilon}\alpha\varrho$. In den folgenden
Worten ist die Responsion gestört und auf vielerlei Weise versucht worden, den rich-
tigen Text herzustellen. Mir scheint, dass in der Strophe $\varkappa\alpha\varrho\delta\acute{\iota}\alpha\varsigma$, in der Gegenstrophe
$\dot{\varepsilon}\chi\vartheta\varrho o\tilde{\iota}\varsigma$ einfach zu streichen sind, so dass der zweite Vers (bis $\tau\acute{\alpha}\varrho\beta o\varsigma$) folgende
Gestalt bekommt: $-\cup-\cup\cup--\ |\ -\cup-\cup-\smile\ \|$ Der dritte ist, wie die Gegen-
strophe beweist, von Dindorf richtig bis $\tau\acute{\varepsilon}\varkappa\nu\omega\nu$ ausgedehnt. Ueber den vierten und
fünften ist mit Recht Einstimmigkeit; der letztere $\pi\acute{\alpha}\nu\tau\varrho o\mu o\varsigma\ \pi\varepsilon\lambda\varepsilon\iota\acute{\alpha}\varsigma$ hat die Form
$\acute{-}\cup\acute{-}\cup\acute{-}\acute{-}.$

Es folgen 6 Pherecrateen, die man in drei oder zwei Verse zusammenzulegen hat. Die Bemerkung*), dass meist drei Kola dieser Art zusammenstehen, und die starke Interpunction nach dem dritten in der Strophe entscheiden für das erste. Der 6. Vers schliesst also mit $γένωμαι$, der 7. mit $ὀχριόεσσαν$. Der Rest besteht aus dem 8. fünftactigen Verse — ◡ ◡ — ◡ ◡ — ◡ — (mit Hermann; in der Antistrophe ist eine Lücke, die Dindorf nicht hätte vor $εὔεδροι$ annehmen sollen) und aus dem 9. zweigliedrigen Verse ◡ — — ◡ — | — ◡ ◡ — ◡ — ◡ ‖.

β. Im ersten Verse der zweiten Strophe folge ich Dindorf, der ihn bis $ὠγυγίαν$ ausdehnt, der zweite umfasst Dindorfs zweite und dritte Zeile, die nicht selbständig sein können, der dritte Vers seine und Hermanns vierte und fünfte Zeile, die aus demselben Grunde zusammengehören. Der vierte und fünfte ist nach der gebräuchlichen Abtheilung anzusetzen, der sechste, der von Dindorf gegen die gewöhnliche Bildung in zwei Theile gespalten ist, lautet

$$ἱππηδὸν \ πλοκάμων \ περιρ \ | \ ρηγνυμένων \ φαρέων.$$

Für den 7., 8. und 9. Vers ist kein Grund, von der gewöhnlichen Abtheilung abzuweichen.

γ. Der Anfang der dritten Strophe und der der Gegenstrophe ist falsch überliefert. Ich will zu den vielen Verbesserungsvorschlägen, die gemacht sind, keinen neuen hinzufügen. Nur scheint mir sicher, dass $πυργῶτις$ dem zweiten Verse gehört, und wahrscheinlich, dass folgendes die metrische Bildung der ersten beiden Verse gewesen ist (das von Dindorf hinzugesetzte $στάς$ gestrichen und in der Gegenstrophe $ὄμμασιν$ ergänzt):

$$— ◡ ◡ — ◡ — | — ◡ ◡ — ◡ — ‖$$
$$— — — ◡ — | — ◡ — ◡ ◡ — ◡ — ‖$$

Die nächsten drei Zeilen der gebräuchlichen Abtheilung können alle nicht für sich bestehen, sind also Kola des dritten Verses (bis $βρέμονται$).

Den Rest der Strophe bilden $μέτρα \ μονόκωλα$; wir folgen der gewöhnlichen Abtheilung und erhalten noch sechs Verse, für die ganze Strophe also 9.

Das ganze Chorlied enthält also 3 $\times$ 18 = 54 Verse.

E.

Die Jungfrauen schliessen ihren Gesang und sehen den Kundschafter und den König herbeieilen. Jener verkündet, dass er gewisse Kunde von den Feinden bringe (bis V. 376). Der kurze Abschnitt enthält 8 Trimeter.

Wir sind am Schlusse des ersten Hauptabschnittes und stellen die einzelnen Theile desselben zusammen:

$$A. \ 76. \quad B. \ 68, \quad C. \ 76 \ — \ 22, \quad D. \ 54, \quad E. \ 8.$$
$$\underline{\hspace{4cm} 76}$$
$$76.$$

Zusammen also 4 $\times$ 76 Verse.

---

*) vgl. Westphal, Metrik, II., S. 830.

II. Bericht des Boten über die feindlichen Führer an den sieben Thoren der Stadt.

Der Uebersichtlichkeit wegen theile ich den ganzen Abschnitt von vornherein in vier Theile, deren Bedeutung bald klar sein wird.

A.

Gegen das erste Thor stürmt Tydeus heran, wie der Späher berichtet. Gegen ihn erklärt der König, Melanippus senden zu wollen. Rede und Gegenrede enthalten je 20 Verse. Der Chor schaltet darauf 4 Zeilen ein, drei dochmische Dimeter und einen Vers von der Form $\smile - \smile - \smile - \mid \smile - \smile\smile\smile - \mid \smile - - \parallel$.

Gegen das zweite Thor rückt Kapancus.

Der vorletzte Vers des Spähers über ihn lautet;

$$\tau o\iota\tilde\omega\delta\varepsilon\ \varphi\omega\tau\grave\iota\ \pi\acute\varepsilon\mu\pi\varepsilon,\ \tau\acute\iota\varsigma\ \xi\upsilon\sigma\tau\acute\eta\sigma\varepsilon\tau\alpha\iota;$$

Er hat auffallende Aehnlichkeit mit dem vorletzten des Boten über den nächsten Gegner (Vers 470):

$$\varkappa\alpha\grave\iota\ \tau\tilde\omega\delta\varepsilon\ \varphi\omega\tau\grave\iota\ \pi\acute\varepsilon\mu\pi\varepsilon\ \tau\grave o\nu\ \varphi\varepsilon\varrho\acute\varepsilon\gamma\gamma\upsilon o\nu.$$

Dass der erste von diesen beiden Versen seine Gestalt unter dem Einflusse des zweiten erhalten hat, ist sicher und auch von Dindorf und Ritschl*) angenommen. Das objectlose $\pi\acute\varepsilon\mu\pi\varepsilon$ und das ungriechische $\tau\acute\iota\varsigma$ beweisen es. Doch beide Kritiker glauben, bloss $\pi\acute\varepsilon\mu\pi\varepsilon$ sei aus dem spätern Verse herübergenommen, und Dindorf schreibt: $\tau o\iota\tilde\omega\delta\varepsilon\ \tau\tilde\omega\delta\varepsilon\ \varphi\omega\tau\grave\iota\ \tau\acute\iota\varsigma\ \xi\upsilon\sigma\tau\acute\eta\sigma\varepsilon\tau\alpha\iota$, so dass der Vers mit zweckloser Weitschweifigkeit dasselbe was der folgende besagt. Weniger matt ist der Vorschlag Ritschls, für $\pi\acute\varepsilon\mu\pi\varepsilon\ \gamma\nu\tilde\omega\vartheta\iota$ (nach Vers 650) zu schreiben. Doch abgesehen von der auch so bleibenden Ueberflüssigkeit des Verses ist es doch wahrscheinlicher und erklärlicher, dass der ganze Vers von Jemand aus dem späteren (470) mit Zuziehung von $\xi\upsilon\sigma\tau\acute\eta\sigma o\mu\alpha\iota$ aus Vers 509 oder 672 gebildet und eingeschaltet ist, um der Rede des Boten zu zwei Schlussversen, wie sie die meisten andern haben, zu verhelfen, als dass gerade diesem so matten und entbehrlichen auch noch die Verdrängung von $\gamma\nu\tilde\omega\vartheta\iota$ durch $\pi\acute\varepsilon\mu\pi\varepsilon$ sollte zugestossen sein.

Eteocles bestimmt den Polyphontes für das zweite Thor. Der 4. Vers seiner Antwort lautet in *M*

$$K\alpha\pi\alpha\nu\varepsilon\grave\upsilon\varsigma\ \delta'\grave\alpha\pi\varepsilon\iota\lambda\varepsilon\tilde\iota,\ \delta\varrho\tilde\alpha\nu\ \pi\alpha\varrho\varepsilon\sigma\varkappa\varepsilon\upsilon\alpha\sigma\mu\acute\varepsilon\nu o\varsigma.$$

Dass das folgende $\vartheta\varepsilon o\grave\upsilon\varsigma\ \grave\alpha\tau\acute\iota\zeta\omega\nu\ \pi\acute\varepsilon\mu\pi\varepsilon\iota\ Z\eta\nu\grave\iota\ \varkappa\upsilon\mu\alpha\acute\iota\nu o\nu\tau'\ \check\varepsilon\pi\eta$ für sich betrachtet ohne Anstoss ist, ist klar; ebenso sehr aber auch, dass der angeführte Vers so unmöglich ist. Die Gründe sind von Ritschl klar auseinandergesetzt, der auch die Unzulänglichkeit von Hermanns Aenderung, der $\check\alpha$ vor $\vartheta\varepsilon o\acute\upsilon\varsigma$ einschaltet, nachweist. Dindorf versucht anders und kühner eine Heilung: $K\alpha\pi\alpha\nu\varepsilon\grave\upsilon\varsigma\ \delta'\grave\alpha\pi\varepsilon\iota\lambda\varepsilon\tilde\iota\ \pi\tilde\alpha\nu\ \pi\alpha\varrho\varepsilon\sigma\varkappa\varepsilon\upsilon\alpha\sigma\mu\acute\varepsilon\nu o\varsigma\ \delta\varrho\tilde\alpha\nu,\ \vartheta\varepsilon o\grave\upsilon\varsigma\ \grave\alpha$. Dagegen bleibt zu erinnern, dass $\pi\tilde\alpha\nu\ \delta\varrho\tilde\alpha\nu$ ein zu wenig treffender Ausdruck ist, um Wahrscheinlichkeit zu haben, und dass $\grave\alpha\tau\acute\iota\zeta\omega\nu$ und $\varkappa\grave\alpha\pi o\gamma\upsilon\mu\nu\acute\alpha\zeta\omega\nu$ dann gegen die Stellung zu trennen sind. Besser ist schon Ritschls Aenderung $\delta\varepsilon\iota\nu\grave\alpha\ \delta\varrho\tilde\alpha\nu$ statt $\grave\alpha\pi\varepsilon\iota\lambda\varepsilon\tilde\iota\ \delta\varrho\tilde\alpha\nu$; doch aus dem Gebiet der nichtssagenden Phrase bringt auch sie die Stelle nicht heraus. Mir scheint der Vers von jemand eingefügt zu sein, der ohne Noth den Namen Kapaneus vermisste und den Vers vervollständigte, so gut es gehen wollte.

Auf die Antwort des Königs folgen wieder 4 Zeilen des Chors, und wir haben bis dahin (bis Vers 455)

$$20 +\!\!- 20,\ 4,\ 14 +\!\!- 14,\ 4 = 76\ \text{Verse.}$$

*) Ritschl, der Parallelismus der sieben Redenpaare in den S. g. Th. Jahrb. für Phil. 1858, S. 761 ff.

B.

Am dritten Thore steht Eteocles, wie der Bote in 15 Versen meldet. Ihm stellt der König den Megareus entgegen. Die Rede des Königs enthält 9 Verse; denn es liegt kein stichhaltiger Grund vor, die ersten beiden Verse, wie sie Hermann interpungirt, für gefälscht zu halten, und eben sowenig, vor ihnen oder nach ihnen eine Lücke anzunehmen. Die Worte: „Mit gutem Glücke ist er von vornherein schon geschickt, da er kein übermüthiges Wappen trägt," enthalten nach meiner Ansicht eine hinreichende Berücksichtigung des vom Boten geschilderten prahlerischen Schildzeichens des Gegners.

Der Chor schaltet wieder 4 Zeilen ein, von denen die erste hier und in der Antistrophe fehlerhaft überliefert ist. Die nächsten beiden sind dochmische Dimeter, die letzte besteht aus zwei dactylischen Tripodien und der Clausel $\smile - -$.

Der Bote nennt als den vierten Gegner den Hippomedon. Der letzte Vers, φόβος γάρ, den Hermann nur ändern wollte, ist mit Recht von Dindorf ausgeschieden. Der Interpolator hat auch hier den zweiten Vers vermisst. Ritschl vertheidigt den Vers zwar, Hippomedon stehe im Gegensatz zu Tydeus bereits dicht am Thore; doch der Grund, weshalb der Bote meint, vor solchem Manne müsse man sich wol hüten, liegt in dem Vorhergehenden und in dem darauf zurückweisenden τοιοῦδε. Der letzte Vers müsste also wenigstens durch καὶ γάρ angefügt sein.*)

Eteocles stellt den Hyperbios an dies Thor. Die letzten sechs Verse sind mit Recht von Dindorf gestrichen. Hermann stimmt ihm in der Hauptsache bei, nur meint er, vielmehr Vers 514 sei zu entfernen und Vers 515 und 516 beizubehalten; doch dass 517 sich fliessend an 516 anschliesst und der kürzere und kräftigere Ausdruck entscheiden für Dindorf. Ritschl hält, wie dieser, Vers 514 für ächt, aber ausserdem noch Vers 516. Die Stellung, welche dieser inmitten der gefälschten einnimmt, und dass die so zusammentretenden beiden Schlussverse nicht wol an einander passen, spricht gegen diese Ansicht. Man würde vielmehr die Voraufstellung des zweiten und die Anfügung des ersten mit οὔπω γάρ erwarten.

So enthält Rede und Gegenrede je 14 Verse. Es folgen vier Zeilen des Chors, und dann nennt der Bote den fünften Feind, den Parthenopäus. Gegen das Ende seiner Rede erzählt der Bote, der Schild desselben sei geziert mit einer Sphinx, die unter sich, d. h., wie die Scholiasten richtig erklären, in ihren Klauen, einen thebanischen Mann trage. Der Sinn des Bildes ist klar: wie jenes Ungeheuer will Parthenopäus die Thebaner hinmorden. Doch dann folgt noch Vers 544: „auf dass sehr viele Geschosse auf diesen Mann geworfen würden." Abgesehen von dem lahmen Ausdrucke πλεῖστα βέλη verwirrt der Vers den Sinn des Bildes völlig. Wäre der Thebaner allein abgebildet, so legte dieser Vers dem Bilde den Sinn bei: „Die Thebaner kämpfen gegen sich selbst, zu ihrem eigenen Verderben." Da die Sphinx aber auch auf dem Schilde dargestellt ist, so schlägt ein Zeichen das andre; denn man kann doch nicht umhin, daran zu denken, dass auch die Sphinx von Geschossen getroffen wird, also die Thebaner zwar den thebanischen Mann, aber auch ihre Feindin bedrängen. Dem Interpolator scheint Vers 561 die Anregung zu diesem Verse gegeben zu haben.**) Auf ihn folgen in der Ueberlieferung noch fünf, die Dindorf bis auf den ersten mit gutem Grunde***) für unächt erklärt. Doch auch der erste, Vers 545, ist nicht äschyleisch. Denn erstens wäre er gegen den Zusammenhang hinter die Beschreibung des Schildzeichens gesetzt, statt hinter Vers 537, zweitens sagt er nur, was vorher viel besser ausgesprochen ist, drittens beweist ἐλθών, dass ohne Beziehung auf die μακρὰ κέλευθος gar nicht verständlich ist, dass der Verfasser des Verses derselbe ist, von dem die folgenden herrühren.

---

*) So urtheilt auch Prien, Lübecker Progr. 1856.
**) Ich sehe nachträglich, dass schon Halm, Rhein. Museum, 21, S. 334 an der Aechtheit dieses Verses gezweifelt hat
***) Philologus 16, S. 213.

Damit ist nun der Name Parthenopäus aus der Rede ganz verschwunden. Freilich wo er stand, kam er so wie so zu spät, schon deshalb, weil ihn das Wortspiel ἀνδρόπαις ἀνήρ in Vers 533 voraussetzt. Dindorf hält sich daher für berechtigt, an einer ganz gesunden Stelle, gleich hinter dem ersten Verse, einen selbstzusammengestellten einzufügen. Ich glaube, dass die ursprüngliche Stelle des Namens anderswo zu suchen ist. Die Vorse 529 bis 533 läuten in der Ueberlieferung:

> ὄμνυσι δ' αἰχμὴν, ἥν ἔχει μᾶλλον θεοῦ
> σέβειν πεποιθὼς, ὀμμάτων θ' ὑπέρτερον,
> ἦ μὴν λαπάξειν ἄστυ Καδμείων βίῃ
> Διός· τόδ' αὐδᾷ μητρὸς ἐξ ὀρεσκόου
> βλάστημα καλλίπρῳρον ἀνδρόπαις ἀνήρ.

„Er schwört bei seinem Speere, den er mehr als einen Gott zu ehren versteht, die Stadt der Kadmeer zu zerstören." So weit ist der Sinn in Ordnung. Doch dazwischen steht noch πεποιθώς, „vertrauend;" mir scheint es anstössig, dass dem Participium nicht ein Dativ beigegeben, oder vielmehr, dass es nicht ganz weggelassen ist. Aber für höchst verkehrt halte ich ὀμμάτων ὑπέρτερον. „Er ehrt den Speer mehr als seine Augen." Wer verehrt denn seine eigenen Augen und ruft sie wie einen Gott beim Schwören an! Und dabei ist die Stellung eine solche, dass man in ὀμμάτων eine Steigerung zu θεοῦ erwarten muss.

Weiterhin heisst es nicht bloss „mit Gewalt," sondern „mit Gewalt gegen Zeus." Hermann schreibt δορός statt Διός, aus dem richtigen Gedanken, dass Zeus sich nicht zum Gegner des Parthenopäus erklärt hat, also nicht λαπάξειν, sondern λαπάξαι ἄν, oder καὶ βίῃ stehen müsste. Hierauf folgt τόδ' αὐδᾷ, ein schiefer Ausdruck; denn auf die Worte kam es wenig an, die waren ja nur kurze Inhaltsangabe, sondern auf das gottlose Schwören. Dazu kommt, dass, wie man wol behaupten kann, gerade in diesem Satze, der mit ἀνδρόπαις ἀνήρ schliesst, der Name Parthenopäus gestanden haben muss, da „der Mannknabe" nur durch den unmittelbaren Gegensatz des Namens in der Deutung „der Mädchenknabe" verständlich ist.

Es würde nun nahe liegen, mit Streichung der vorher als widersinnig nachgewiesenen Worte den Anfang der Stelle zu schreiben ὄμνυσι δ' αἰχμήν, ἥν σέβει μᾶλλον θεοῦ | ἦ μήν u. s. w. Doch jetzt kommt noch hinzu, dass Vers 531 schon einmal als Vers 47 dagewesen ist. Dass er hier etwas weitschweifig ist, dass ἦ μήν den Nachdruck, der doch auf dem Schwören bei dem Speere liegt, zu sehr hierher zieht, und die so verdächtige Umgebung weisen auf Interpolation des Verses hin. Die schwer verderbte Stelle sicher herzustellen, wird nicht möglich sein; ungefähr muss sie gelautet haben:

> ὄμνυσι δ' αἰχμὴν Παρθενοπαῖος, ἥν ἔχει
> θεὸν, ἄστιν πέρσειν, μητρὸς ἐξ ὀρεσκόου

Der zweite Abschnitt ist mit dieser Rede des Boten zu Ende (Vers 549). Er enthält 15 —|— 9 —|— 4 (= 28), 14 —|— 14 (= 28), 4 —|— 16 = 76 Zeilen.

C.

Der König nennt den Actor als Gegner des Parthenopäus und beginnt nach der Ueberlieferung:

> εἰ γὰρ τύχοιεν ὧν φρονοῦσι πρὸς θεῶν.

Dass dieser Vers ohne Sinn ist, hat Ritschl mit treffenden Gründen bewiesen. Es handelt sich nur noch darum, wie zu helfen ist. Ritschl nimmt vor und nach dem Verse Lücken an; doch das scheint mir einem Verse, der so gar nicht aeschyleisches Gepräge hat, zuviel Ehre angethan zu sein, um so mehr, als durch die ausgefallenen Verse ein ganz entlegener Gedanke bedingt sein müsste, während er dem unbefangenen Blicke, so verkehrt er auch ist, doch auf den Inhalt der unmittelbar folgenden Verse berechnet zu sein scheint. Ich halte die frühere Meinung Dindorfs für richtig, dass der erste Vers zu streichen und vielleicht ausserdem der dritte vor den zweiten zu setzen ist. Dann aber sehe ich keinen Grund mehr, eine Lücke anzunehmen. Hermann und Ritschl denken ferner an eine solche vor Vers 560; doch weshalb soll Porsons Verbesserung ἢ ἔξωθεν εἴσω, die auch Dindorf annimmt, nicht genügen?

Es folgen wieder 4 Zeilen des Chors, zwei dochmische Dimeter, ein kretischer und ein dochmisch-trochäischer Vers, der durch eine logaödische Clausel erweitert ist.

Am sechsten Thore steht, wie der Bote jetzt meldet, Adrastus. Vers 573 halte ich mit Hermann und Ritschl für unmöglich neben 575 und für gemacht aus diesem. Auch die von Ritschl nach Hermanns Vorgang vorgenommene Umstellung des Verses 574 hinter 577 scheint mir nothwendig; freilich bleibt die Besserung von πρόσμορον ἀδελφεόν und δίς τ' ἐν τελευτῇ zweifelhaft. Ritschls Auslegung dieser letzten Worte: bifariam dispertiens ist schwerlich möglich, und wenn sie es wäre, ist immer noch nicht der von ihm angenommene Ausfall eines Verses erwiesen.

Da die Verse 584—586, wie sie Hermann erklärt, in Inhalt und Form klar und des Aeschylus würdig sind, so scheinen sie mir ohne Grund von Dindorf gestrichen.*) Die Rede des Boten enthält demnach 28 Verse.

Eteocles sendet als sechsten den Lasthenes. Ueber die Unächtheit von Vers 601 ist Einstimmigkeit. Dindorf hält ausserdem noch Vers 613 für gefälscht, doch Ritschl widerspricht ihm mit Recht; nur übersetzt er nach meiner Meinung unrichtig. Denn πομπὴν τὴν μακρὰν πάλιν μολεῖν muss heissen: „den Weg, der weit ist zurückzukehren, d. h. den niemand wieder zurückkommt, den Weg zum Hades." Und so fasst es auch derjenige-Scholiast, der erklärt: ἐπὶ τὴν εἰς Ἅιδην ἀποικίαν.

Auch glaube ich nicht, dass hinreichende Gründe vorliegen, mit Ritscl V. 604—606 oder mit Dindorf V. 623 zu tilgen. Ritschls Umstellung aber von V. 619 vor 625 scheint mir nothwendig.

So besteht auch die Antwort des Königs aus 28 Versen, und der ganze Abschnitt mit den noch folgenden 4 des Chors (bis Vers 630) aus

12 —|— 4, 28 —|— 28, 4 = 76 Versen.

D.

An das siebente Thor zieht Polyneikes. Dass in den Versen 634—637 eine schwere Verderbniss steckt, lässt sich nicht verkennen. Ritschl hat schon mit Gründen, denen man sich nach meiner Ansicht nicht entziehen kann, dargethan, dass weder die grammatische Construction noch der Sinn in Ordnung ist. Er sagt ganz richtig, Polyneikes könne hier, wenn er einmal die beiden Fälle anführe, dass er zugleich mit seinem Bruder im Kampfe fallen, oder ihn als Sieger aus dem Lande vertreiben werde, unmöglich den dritten, für ihn günstigen verschweigen, dass nämlich dor Bruder allein im Kampfe falle. Von diesem Gesichtspuncte könnte man sich mit seiner Ergänzung σοὶ ξυμφέρεσθαί [φησιν, αὐτουργῷ χερὶ λελιμμένος] κτανεῖν σε καὶ θανὼν πέλας ἢ ζῶντ' etc. einverstanden erklären. Aber dabei ist eine zweite Schwierigkeit ganz unbeachtet geblieben. Nämlich vorher sagt Polynices in V. 634 und 635: nachdem er die Thürme erstiegen hätte, dem Lande als König verkündet wäre und das Siegeslied gesungen hätte, wolle er mit dem Bruder kämpfen. Also er setzt voraus, dieser werde ihm beim Sturme nicht selbst entgegentreten. Darin liegt nichts verfängliches; aber wenn die Stadt genommen ist, dann will er sich noch nachträglich mit ihm auf einen Zweikampf einlassen? Sogar erst, nachdem er bereits als König ausgerufen ist? Wozu das? Vielleicht soll man sich denken, dass er sich noch nachträglich einer Art von Gottesurtheil unterwerfen will. Aber nun das Schlimmste! In diesem

---

*) So urtheilt auch Ritschl. Bernhardi, Griech. Litt. II, 280 hält die Verse mit Dindorf für unächt und tadelt an ihnen den rhetorischen Ton; doch da ihre Rhetorik durchaus nicht leer und gedankenarm ist, spricht das nicht gegen ihre Aechtheit.

Kampfe soll der eine mögliche Ausgang sein, dass alle beide unversehrt bleiben! Und dann will Eteocles, dadurch zufriedengestellt, thun, was er doch verständiger Weise von vornherein ohne Zweikampf hätte thun sollen. Mir scheint der Vers 636 hinzugesetzt zu sein, damit der wirkliche Ausgang des Zwistes schon hier angedeutet würde. In den folgenden beiden Versen aber, glaube ich, ist der ächte Text des Aeschylus mit Unächtem gemischt und etwa zu schreiben:

ὡς ὄντ᾽ ἀτιμαστῆρα τώς σ᾽ἀνδρηλατεῖν.

Die vier Verse, mit denen die Rede des Boten schliesst, sind zum Theil schon von Dindorf und Hahn für unächt erklärt worden. Ritschls Ansicht, dass in dieser so langgedehnten und matten Stelle noch eine Lücke anzusetzen sei, kann ich nicht beistimmen. Vielmehr scheinen mir die vier Verse sämmtlich nicht von Aeschylus zu stammen. Im ersten verräth sich der Interpolator durch ἐξευρήματα, im zweiten durch σὺ δ᾽αὐτός. Gegen die letzten beiden spricht, dass zwischen den letzten einzelnen Bericht und die Antwort wenig passend der allgemeine Schluss des Boten eingeklemmt ist, und noch dazu in einer so ungeschickten Form, und dass zweitens die Aufforderung γνῶθι ναυκληρεῖν πόλιν nicht angemessen ist, da Eteocles schon bisher für die Stadt besorgt gewesen ist.

Der König erklärt, dass er selbst dem Bruder entgegentreten werde. Am Schluss seiner Rede sind zwei unächte Verse auszuscheiden; denn ich glaube, dass Dindorf mit Unrecht auch den drittletzten streicht; ich sehe wenigstens nichts, was auf einen Interpolator hinwiese.*) Ritschl sucht zwar auch die letzten beiden Verse zu halten; doch wenn der König Helm und Panzer schon angelegt hat, warum sollte er die Beinschienen noch abgelassen haben! Und ferner, wann bringt ihm denn eigentlich der Diener das Verlangte? Etwa noch, bevor der Chor das Wort nimmt? Das ist undenkbar, da eine jede Pause, namentlich zum Anlegen der Beinschienen, bei der heftigen Erregung des Chors hier fast lächerlich wirken würde. Und nach V. 719 ist vielerlei und ganz Abliegendes gesprochen.

So enthält Rede und Gegenrede 18 und 22 Verse. Dem Chor, der jetzt den Eteocles von seinem Entschlusse abzubringen sucht, antwortet dieser in 3 Versen, von denen der zweite offenbar gefälscht ist. Eine andere Frage ist aber, ob ein ächter Vers von ihm verdrängt worden ist. Die erste Zeile: „Wenn jemand ein Uebel böte ohne Schande!“ ist gerade so abgebrochen durchaus angemessen, denn die Ergänzung „würde ich ja sagen“ könnte die Kraft des Ausdrucks nur abschwächen.

Die Jungfrauen setzen ihre Versuche den König umzustimmen fort. Die Verse bis 711 sind mit strophischer Responsion gedichtet; das erste Strophenpaar hat je 2 dochmische Dimeter, von denen der zweite um das uns schon bekannte (V. 567) Glied $- \smile \smile - \smile - -$ erweitert ist, und 3 iambische Trimeter: das zweite Paar je 3 dochmische Dimeter, der letzte mit der gleichen Erweiterung, und 3 iambische Trimeter. Den Schluss des Abschnittes bildet eine Stichomythie von 8 Versen.

Der ganze Abschnitt enthält also 16 -|- 22, 8 -|- 22 -|- 8 = 76 Verse, und der zweite Haupttheil des Stückes wieder 4 × 76 Verse.

III. Tod der Brüder und Klage um sie.

A.

Der König eilt zum Kampfe, der Chor bleibt zurück und erinnert sich, das kommende Unheil vorausahnend, an den alten, auf dem Hause des Oedipus lastenden Fluch. Sein Gesang zerfällt in 5 Strophenpaare.

---

*) So auch Prien am a. O.

Das erste ist ionisch gebildet und die Zeilen, da ein ionischer Tact an Ausdehnung einer iambischen Dipodie gleichkommt, nach den Gesetzen iambischer Verse abzutheilen. Wir gewinnen dadurch, indem wir Hermann bis auf seine letzten beiden Zeilen folgen, die zusammenzufassen sind, je sechs Verse. In der zweiten Strophe haben wir nur die beiden ersten Zeilen Dindorfs zu vereinigen und im Uebrigen (mit Hermann καὶ γαῖα κόνις πίη) gleich ihm zu theilen, um sechs Verse zu erhalten. In der dritten Strophe ist die zweite Zeile Dindorfs der ersten, die fünfte der vierten, die siebente der sechsten anzufügen; wir bekommen dadurch 4 Verse. Die vierte Strophe giebt keinen Anlass von Dindorfs Abtheilung abzuweichen, nur hätte er auch in der Antistrophe die letzten beiden Glieder vereinigen sollen. In der letzten Strophe ist die erste und zweite der gewöhnlichen Abtheilung, und die vierte und fünfte zu verbinden. Im Schlusse ist der Text verderbt; Hermanns Aenderung κερσοτέκνων scheint mir wegen der grammatischen Construction und deshalb, weil τέκνων nichts von der Hauptsache, dem Frevel des Oedipus, ausdrückt und eine so kühne Composition wenigstens in ihren Bestandtheilen Prägnanz fordert, nicht zu genügen. Ich vermuthe, dass etwa πατροφόνῳ χερὶ κούρας δὲ τεμὼν | ὀμμάτων ἐπλάγχθη von Aeschylus geschrieben ist. Und so glaube ich auch, dass die Abgränzung der Reihen geschehen muss: die Worte bilden den 4. und 5. Vers der Strophe.

Demnach enthält der Chorgesang 12 –⫲– 12 –⫲– 8 –⫲– 10 –⫲– 10 = 52 Verse.

B.

Ein Bote kommt herein, der den Ausgang des Kampfes und den Tod der Brüder meldet. Der erste Vers, den er spricht,! θαρσεῖτε παῖδες μητέρων τεθραμμένοι, ist in seiner zweiten Hälfte gänzlich ohne Sinn. Hermann hat vergeblich durch τεθρυμμένοι zu helfen gesucht. Weil, dem Dindorf jetzt folgt, nimmt an, dass hinter diesem Verse etwas verloren gegangen sei; es wäre aber schwer zu sagen, was angeschlossen gewesen sein könnte, ohne die Einleitung des Boten ganz unnütz zu verlängern. Ich meine, nur θαρσεῖτε hatte Aeschylus seinem ersten Trimeter vorausgeschickt und nachträglich hat sich jemand daran versucht, den Trimeter zu vervollständigen.

Das folgende Wechselgespräch ist durch ein altes Versehen in grosse Unordnung gerathen. Die richtige Ordnung ist in der Hauptsache von Hermann hergestellt, nur bin ich mit H. Weil der Ansicht, dass der Vers 821 (πέπωκεν αἷμα) unmöglich vor 810 (ἐκεῖθι) stehen kann; denn vor diesem kann nur gesagt sein, dass die Brüder todt sind, da sonst der Chor nichts mehr zu fragen hat. Hier also ist die Reihenfolge der Verse in der Ueberlieferung nicht anzugreifen und hinter 808 (οἳ 'γώ) Vers 809 (οὐδ' ἀ.) zu belassen. Mir scheint weder οὐδέ noch μήν dieser Anordnung zu widersprechen; sonst, glaube ich, müsste Emendation helfen, nicht Umstellung.*)

Mit dieser Ordnung des Gesprächs fällt jeder Grund, irgend einen Vers ausser dem doppelt auftretenden πόλις σέσωσται u. s. w. für gefälscht zu halten. Mit einigen anapästischen Zeilen nimmt der Chor darauf Stellung für den folgenden Gesang. Die 3., 4. und 5. sind, offenbar in Unordnung, so überliefert: τούςδε ῥύεσθε | πότερον χαίρω κἀπολολύξω | πόλεως ἀσινεῖ σωτῆρι. Mich wundert, dass die Herausgeber in der Verderbniss der 1. und 3. Zeile nicht Zusammenhang vermutet haben. Beide Stellen heilen sich nämlich von selbst, wenn man annimmt, dass die 3. Zeile ursprünglich vor der 1. gestanden hat: πόλεως ἀσινεῖς | σωτῆρες τούσδε ῥύεσθε. | πότερον χαίρω etc. Der Bestand der Zeilen wird dadurch nicht geändert; es sind 10, und dazu die 28 vorangehenden Trimeter gerechnet giebt 38 Verse.

---

*) ἄγαν in V. 811 ist mit Unrecht verdächtigt worden; es ist mit ἀδελφαῖς zu verbinden: „mit allzu brüderlichen Händen.“

C.

Die Jungfrauen sprechen jetzt in einem neuen Chorgesange Schrecken und Trauer aus. Die Zählung der Verse macht keine Schwierigkeiten bis auf den Schluss des ersten Strophenpaares. Nachdem fünf Verse voraufgeschickt sind, vier von 4 und einer von 6 Tacten, folgen noch, wie es scheint, drei viertactige Glieder eines Verses; denn in der Strophe hängen wenigstens die letzten beiden, in der Gegenstrophe alle drei ohne Wortende aneinander. Ein iambischer Vers dieser Ausdehnung geht aber über das Mass von 32 Zeiteinheiten hinaus und ist sonst bei Aeschylus nicht vorhanden. Die wenigen, die Westphal*) ihm noch beigesellt, sind willkürlich zusammengefasst; in keinem widerstrebt ein entscheidendes Merkmal der Theilung. Ich glaube, dass hier der lange Vers nur einer Tactverderbniss zuzuschreiben und in der Antistrophe etwa ἄπιστον εἰργάσασθ', ἰὼ πολύστονοι | τόδ' ἦλθε etc. oder ἰὼ πολύστονοι τάδ' εἰργάσασθ' zu schreiben ist.

Da so das erste Strophenpaar je 7 Verse, das zweite aber, in dessen Schlussverse, wie mir scheint, am leichtesten die Antistrophe durch Umstellung geheilt wird: εἰς ἀγανῆ πάνδοκόν τε χέρσον, je 5 Verse enthält, besteht der Chor aus 24 Versen.

An ihn schliessen sich einige Anapäste, mit denen der Chor den Eintritt der Antigone und Ismene begleitet. Die Chorjungfrauen sagen, es komme ihnen zu, den Hymnus der Erinys und den Päan des Hades hinzuzusingen, und zwar πρότερον φήμης. Hermanns Erklärung: ante luctum sororum wird durch die gewiss richtige Bemerkung Bergks, dass schon die nächstfolgenden Strophen bis auf die Schlussverse den Schwestern zuzutheilen sind, zurückgewiesen. Die Erklärung aber „lieber, als dass wir mit ihnen sprechen," scheint sprachlich und sachlich unmöglich. Ich glaube nach πρότερον φήμης ist ein Dimeter des Inhalts: λιγρᾶς παίδοιν ἐπακουσάσας ausgefallen.

Da das ἰώ in Vers 870 nicht mitzählt, haben wir so 14 anapästische Zeilen, mit dem Chor zusammen also 38.

D.

Die beiden Schwestern und die Chorjungfrauen beginnen die Todtenklage. Das erste Strophenpaar haben wir mit Dindorf zu 5 Versen zu zählen. Das zweite beginnt mit einer iambischen Pentapodie, der eine Octapodie folgt. Der Anfang des 3. Verses ist in der Strophe verloren·gegangen; aus der Antistrophe ergiebt sich, dass er aus zwei Gliedern besteht: ⏑ ⏑ ⏑ ⏑ ⏑ — | ⏑ — — ⏑ ⏑ — ‖. Aehnlich ist auch der 4. Vers, der aus zwei Pherecrateen zusammengesetzt ist (mit Lachmanns ἐκ). In dem Reste der Strophe ist der Schlussvers unsicher; ich halte mit Dindorf die Strophe für unverderbt, so dass die Gegenstrophe zu emendiren ist und die letzten beiden Zeilen in einen Vers zusammenzufassen sind. Sonst haben wir uns der herkömmlichen Abtheilung anzuschliessen und die ganze Strophe zu 8 Versen zu rechnen. Auch im ersten Theile der dritten Strophe hindert nichts, die in den Ausgaben gewöhnlich angesetzten 4 Verse als selbständig zu betrachten. Der zweite Theil ist, wie die gestörte Responsion zeigt, in Unordnung. Dass προπέμπει in der Strophe Prädicat zu γόος ist („Klagegeschrei geleitet sie") scheint mir nicht zweifelhaft; doch bleibt die Besserung ungewiss. Vielleicht ist zu schreiben: δόμων τοὺς μάλ' ἀχόεις προπέμπει | δαϊκτὴρ γόος, und in der Antistrophe mit Streichung von πρό: δυσδαίμων σφὶν ἃ τεκοῦσα πασῶν | γυναικῶν, ὁπόσαι. Doch sicher bleibt, dass die beiden ersten Verse selbständig sind. Der Rest ist mit Unrecht von Dindorf so auf zwei Reihen vertheilt, dass in der Gegenstrophe Wortbrechung stattfindet. Zweifelhaft ist nur, ob der erste Vers nach δακρυχέων schliesst, wo auch Hermann einschneidet, oder schon nach ἐτύμως. Die Strophe enthält also 8 Verse.

Das letzte Strophenpaar fordert die Verbindung des Verses 938 ζόα φονορύτῳ mit dem folgenden; sonst sind die Verse bei Dindorf richtig abgetheilt. Es sind 10.

Der ganze Chor hat also 10 -|- 16 -|- 16 -|- 20 = 62 Verse.

E.

Es folgt eine noch leidenschaftlichere Klage, mit der die Schwestern von den auf die Bühne getragenen Leichen Abschied zu nehmen scheinen. Der erste Theil (961—965) enthält ausser dem ersten Verse, einem iamb. Trimeter, iamb. Dimeter, zusammen 5 Verse.

Der zweite Abschnitt (bis 989) besteht aus Strophe und Gegenstrophe und bietet weniger in der Berechnung der Zeilen als in der Herstellung eines reinen Textes Schwierigkeiten. Ich führe hier nur an, dass Vers 970 und der entsprechende, gänzlich · verwirrte Vers 982 wahrscheinlich aus je zwei Pherecrateen bestehen, und dass die bald folgenden Verse 973 und 974 iambisch und trochäisch gewesen sein müssen, wie auch Dindorf glaubt. In Betreff der Herstellung aber scheint mir, dass Hermann in der Hauptsache das Rechte getroffen hat und zu schreiben ist: $\delta o\acute{\iota}\ \check{\alpha}\chi\eta\ \tau\acute{\alpha}\delta'\ \check{\epsilon}\gamma\gamma\upsilon\vartheta\epsilon\nu\ |\ \pi\acute{\epsilon}\lambda\alpha\varsigma\ \delta'\ \grave{\alpha}\delta\acute{\epsilon}\lambda\varphi'\ \grave{\alpha}\delta\epsilon\lambda\varphi\epsilon\tilde{\omega}\nu$. In der Gegenstrophe vermuthe ich, dass $\varkappa\acute{\eta}\delta\acute{\epsilon}$ aus einem $\check{\eta}\delta\acute{\epsilon}$ mit beigeschriebenem $\varkappa\alpha\acute{\iota}$ entstanden ist, so dass zu lesen wäre: $\delta\acute{\upsilon}\sigma\tau o\nu'\ \check{\eta}\delta'\ \grave{o}\mu\acute{\omega}\nu\upsilon\mu\alpha\ \delta\acute{\iota}\upsilon\gamma\rho\alpha\ \tau\rho\iota\pi\acute{\alpha}\lambda\tau\omega\nu\ \pi\eta\mu\acute{\alpha}\tau\omega\nu$. „Nass von dreimal geschwungenem Weh" für „blutig von dreifacher Verwundung" scheint allerdings mehr als kühn; auffallend auch, dass Eteocles dreimal getroffen sein sollte.

Wenn Hermann die Worte $\grave{o}\lambda o\grave{\alpha}\ \lambda\acute{\epsilon}\gamma\epsilon\iota\nu,\ \grave{o}\lambda o\grave{\alpha}\ \delta'\acute{o}\rho\tilde{\alpha}\nu$, die sich in der Handschrift hinter 985 und 993 finden, an letzter Stelle für unächt hält, so muss ich ihm beistimmen. $\grave{o}\lambda o\grave{\alpha}\ \delta'\acute{o}\rho\tilde{\alpha}\nu$ fällt völlig dort aus dem Zusammenhange. Aber hinter V. 985 können sie auch nicht ihren Platz finden; denn dann ist man genöthigt, mit Hermann dieselben Worte auch vor 975 einzuschalten, was aus zwei Gründen nicht angeht. Der eine konnte auch Hermann nicht entgehen, dass nämlich diese Worte kaum nach einem Refrain aussehen; er sucht mit der Entschuldigung zu helfen, dass sie immerhin eine Einleitung auf den gleich darauf beginnenden, für sich abgeschlossenen Schlussrefrain von drei Versen bilden könnten. Das zweite Hinderniss ist, dass dann die Worte nur durch zwei Zeilen von Vers 971: $\delta\iota\pi\lambda\tilde{\alpha}\ \lambda\acute{\epsilon}\gamma\epsilon\iota\nu$. — $\delta\iota\pi\lambda\tilde{\alpha}\ \delta'\acute{o}\rho\tilde{\alpha}\nu$ getrennt wären, was ich für eine Unmöglichkeit halte. Mir scheinen überhaupt die fraglichen Worte weiter nichts als eine Dittographie zu dem eben angeführten Verse zu sein, die sich vom Rande her zweimal in den Text verirrt hat.

Es ist unnöthig weiter zu begründen, dass Strophe und Antistrophe je 11 V. enthalten. Es folgt ein dritter Abschnitt, der mit 4 Versen von je 4 Tacten beginnt, auf die als fünfter $\grave{\iota}\grave{\omega}\ \pi\acute{o}\nu o\varsigma$. — $\grave{\iota}\grave{\omega}\ \varkappa\alpha\varkappa\acute{\alpha}$ und dann eine offenbar durch Randbemerkungen in Unordnung gerathene Stelle folgt. Hermann hat zwar noch versucht, alle Worte der Ueberlieferung unterzubringen, indes mit sehr wenig Wahrscheinlichkeit. Dass $\text{'}E\tau\epsilon\acute{o}\varkappa\lambda\epsilon\iota\varsigma\ \grave{\alpha}\rho\chi\eta\gamma\acute{\epsilon}\tau\alpha$ zu streichen ist, geht aus der Stellung am Rande in *M* und aus der Unmöglichkeit hervor, die Worte, ohne dass sie inhaltsleer werden, in die kurzen Verse des Klagegesangs einzuordnen. Dass $\pi\rho\grave{o}\ \pi\acute{\alpha}\nu\tau\omega\nu\ \delta'\acute{\epsilon}\mu o\acute{\iota}$ und $\varkappa\alpha\grave{\iota}\ \tau\grave{o}\ \pi\rho\acute{o}\sigma\omega\ \gamma'\acute{\epsilon}\mu o\acute{\iota}$ hier nicht zusammen Platz finden können, wird man Dindorf auch zugeben müssen. Aber was nun übrig bleibt: $\delta\acute{\omega}\mu\alpha\sigma\iota\ \varkappa\alpha\grave{\iota}\ \chi\vartheta o\nu\acute{\iota}$. — $\varkappa\alpha\grave{\iota}\ \tau\grave{o}\ \pi\rho\acute{o}\sigma\omega\ \gamma'\acute{\epsilon}\mu o\acute{\iota}$, ist auch nichts weniger als schön. Denn $\tau\grave{o}\ \pi\rho\acute{o}\sigma\omega$ ist hier ganz ohne Sinn, da ja Ismene sich nicht dem königlichen Hause, dem sie angehört, noch hinzufügen kann. Ich glaube,. dass der ganze, jedenfalls sehr leere und überflüssige Vers nicht von Aeschylus· herstammt.

Ietzt bleibt nur noch der letzte Theil der Klage übrig, 6 Verse, von denen die ersten drei den letzten entsprechen.*) Im Ganzen also 5, 11, 11, 5, 6 = 38 Verse.

F.

Wir gelangen zum Schlusse des Dramas. Ein Bote kommt und meldet den Beschluss der Leiter der Stadt, die Leiche des Eteocles mit Ehren zu bestatten, die des Polynices Hunden und Wölfen zum Frass hinzuwerfen. Antigone antwortet, sie werde selbst den

---

*) Vielleicht ist im ersten $\delta\acute{o}\mu o\iota$ statt $\check{\alpha}\nu\alpha\xi$ zu lesen, das zu $\grave{\alpha}\rho\chi\eta\gamma\acute{\epsilon}\tau\alpha\cdot$ zu gehören scheint.

Leichnam des Bruders begraben. **V.** 1035 sagt sie: *τούτου δὲ σάρκας οὐδὲ κοιλογάστορες | λύκοι σπάσονται.* Prien hat, da *οὐδέ* hier keinen Sinn giebt, vor diesem den Ausfall zweier Vershälften angenommen, und Dindorf stimmt ihm bei. Ich glaube, mit Recht; denn auch ohne den Anstoss des *οὐδέ* würde der Verdacht einer Lücke entstehen, da der Bote gesagt hat, die Vögel sollten den Polynices bestatten, und doch gar nicht abzusehen ist, warum Antigone an der darauf bezüglichen Stelle ihrer Antwort die Vögel verschweigen und dafür die Wölfe einsetzen sollte; hinzusetzen aber konnte sie sie recht wol.

Nicht beistimmen aber kann ich Prien, wenn er vor 1039 noch eine Lücke ansetzt. Denn dass bei *φέρουσα* durchaus *χῶμα* oder etwas ähnliches stehen muss, kann ich nicht einsehen; mir scheint die Beziehung auf *κατασκαφάς* ausreichend.

So enthalten Rede und Gegenrede zusammen 38 Verse. Es folgt eine Wechselrede des Boten, der vergeblich zum Gehorsam mahnt, und der Antigone. Dem Ende zu hat der Vers *ἔρις περαίνει μῖσον ὑστάτη θεῶν* vielfach Bedenken erregt. Gegen den Sinn und Zusammenhang lässt sich nichts einwenden. In den vorhergehenden Versen*) streiten der Bote und Antigone, ob Polynices das Begräbniss verwirkt habe. Antigone sieht, dass sie lange vergeblich streiten würden und bricht mit dem wol sprüchwörtlichen Verse ab: Die Eris macht zuletzt von den Göttern der Rede ein Ende. Und doch streicht Blomfield und mit ihm jetzt Dindorf den Vers, und Hermann nimmt eine Lücke an, weil so Antigone einmal zwei Verse spricht anstatt eines. Ich glaube, es möchte schwer werden, zu beweisen, dass dies nicht angienge, und unmöglich, die ähnlichen Unterbrechungen der Stichomythie, wie sie, namentlich um den Schluss herbeizuführen, auch sonst vorkommen, aus dem Text zu bringen.

Das Wechselgespräch hat 12 Verse. Anapäste des Chors, dessen eine Hälfte dem Boten, die andere der Antigone zustimmt, schliessen das Drama. Erst kommen 12 Zeilen einzeln, dann zwei respondirende Abschnitte. Die Responsion ist aber im vorletzten Verse gestört: und zwar muss entweder im ersten Abschnitt ein Halbvers ausgefallen oder im zweiten einer eingeschaltet sein. Für das erste spricht, dass im zweiten Abschnitte nichts verdächtig ist, denn dass Dindorf *τὰ μάλιστα* streicht und die noch nicht bewiesene Form *καταχλυσθῆν* in den Text bringt, lässt sich aus dem Zusammenhange nicht stützen. Dass dagegen im ersten Abschnitte *γενεᾷ* ohne weitern Zusatz ganz unverständlich und unmöglich ist, beweist hier die Lücke, die Hermann und Ritschl passend mit *τῇ Καδμείων* oder *τῇ Καδμογενεῖ* ausgefüllt haben. Die beiden Abschnitte umfassen so je 7 Verse. Also der Schlusstheil des Dramas besteht aus 38, 12, 12, 14 = 76 Versen.

Der ganze vierte Hauptabschnitt demnach aus 52, 38, 38, 62, 38, 76 Versen. Das sind zusammen 4 × 76 Verse.

---

*) V. 1047 scheint mir von H. Weil durch *δίχα τετίμηται* geheilt. Fraglich ist mir nur, ob nicht auch noch *τοῦδε* in *τῶνδε* zu ändern ist.